騎著恐龍去上學

文｜劉思源　圖｜林小杯
步步出版
社長兼總編輯｜馮季眉　編輯｜李培如　美術設計｜洪千凡
出版｜步步出版／遠足文化事業股份有限公司
發行｜遠足文化事業股份有限公司（讀書共和國出版集團）
地址｜231 新北市新店區民權路 108-2 號 9 樓
電話｜(02)2218-1417　傳真｜(02)8667-106
客服信箱｜service@bookrep.com.tw　網路書店｜www.bookrep.com.tw
團體訂購請洽業務部｜(02) 2218-1417 分機 1124
法律顧問｜華洋法律事務所 ‧ 蘇文生律師
印刷｜中原造像股份有限公司
初版｜2017 年 3 月　初版二十刷｜2024 年 7 月　書號｜1BTI1005　ISBN｜978-986-94337-0-9

騎著恐龍去上學

文 劉思源
圖 林小杯

史ℽ派於修亥學亞校亥是ℽ小亞朋於友亥最於喜亞歡於的學亞校亥。
　每ℽ個學孩於子ℙ都於早於早於起亥床於,
刷於牙ℙ、洗亞臉於、穿於衣一服於去亞上於學亞,
沒ℽ有ℙ人於會於賴於床於或於裝於病於。

因ﾘ為ﾈ它ﾕ有ﾕ一ﾟ車ﾄ兩ﾌ
很ﾓ特ﾈ別ﾚ的ｾ校ﾕ車ﾄ——小ﾕ雷ﾈ龍ﾌ。
　每ﾈ天ﾄ一ﾟ早ﾚ，
小ﾕ雷ﾈ龍ﾌ就ﾝ穿ﾕ梭ﾜ在ﾝ城ﾌ市ﾜ中ﾝ，
接ﾝ小ﾕ朋ﾌ友ﾕ們ﾌ上ﾝ學ﾜ。

住在公寓的小朋友最興奮，
他們不用走樓梯，
只要從窗口跳到小雷龍的脖子，
就可以像溜滑梯似的溜到座位上。

騎著恐龍去上學真的很神氣，
街上的行人和車子
都會自動讓路給小雷龍，
免得不小心被牠的大腳踩到。
最棒的是，恐龍不需要加油，
可以省下許多汽油錢，
也不會冒黑煙和臭氣。

有一些馬路還有恐龍專用道，
沿途設有飼料站，補充恐龍的食物，
還有有「馬路維修隊」隨時修補被恐龍
不小心踏壞的馬路。

小云雷烈龍烈還死是户大水家市的鱼好鱼幫品手火,
史户派勁修理學証校弘的鱼老勁師户和邱小云朋恩友天都登好弘愛市好鱼愛市地克。

不水過氣,牠克偶又爾必會系造弘成弘——一下點勁小云麻子煩氣——

小雷龍實在太高了，
容易撞到路燈、電線桿、天橋，
連紅綠燈也遭殃！

小雷龍實在太大了，
　巨大的身軀有如一座網球場那麼大，
只要堵住路口就會造成大塞車。

小雷龍實在太重了，
體重等於四、五隻大象加起來那麼重，
已經壓壞了好幾座大大小小的橋梁。

牠的尾長和巴子也很愛找麻煩，
　轉彎時，一不小心就是推倒兩旁的房子，
小麻煩越積越多，就變成大麻煩。
史派羅學校不停的收到
　警察局寄來的照片和罰單，
以及雪片般飛來的帳單。

學校只好暫時不讓小雷龍上路。
小雷龍好難過，
躲到骨體育館，偷偷的哭起來，
眼淚一顆一顆掉下來……

一一群等又一一群等的忽小忿朋友友忿
　跑鯊進長體育館忿，
他等們身爬拳到忿小忿雷營龍身身身上等，
抱忿著毛牠等，安慰恐牠等，
「小忿雷營龍等，我營們身會等常袋常袋來等陪忿你哦。」
「我營會等請忿媽媽妈做最罷新賢鮮音的忿
　　青莖草菜餅餅乾肯給袋你哦吃和。」

小忿雷營龍好忿感動動态。
這當時內，
個袋子內最罷小忿的忿米米米沒袋抓掌牢袋，
從忿小忿雷營龍的忿脖脖子內上等滑忿了當下來來态 ——

撲通！

咦～！這裡怎麼會有游泳池呢？

啊ㄚ——是ㄕ小ㄒㄧㄠ雷ㄌㄟ龍ㄌㄨㄥ的ㄉㄜ眼ㄧㄢ淚ㄌㄟ積ㄐㄧ成ㄔㄥ的ㄉㄜ。

小ㄒㄧㄠ朋ㄆㄥ友ㄧㄡ一ㄧ個ㄍㄜ一ㄧ個ㄍㄜ爬ㄆㄚ到ㄉㄠ小ㄒㄧㄠ雷ㄌㄟ龍ㄌㄨㄥ的ㄉㄜ頭ㄊㄡ頂ㄉㄧㄥ上ㄕㄤ，
再ㄗㄞ順ㄕㄨㄣ著ㄓㄜ脖ㄅㄛ子ㄗ滑ㄏㄨㄚ下ㄒㄧㄚ來ㄌㄞ，衝ㄔㄨㄥ進ㄐㄧㄣ游ㄧㄡ泳ㄩㄥ池ㄔ裡ㄌㄧ。
「耶ㄧㄝ！好ㄏㄠ棒ㄅㄤ的ㄉㄜ滑ㄏㄨㄚ水ㄕㄨㄟ道ㄉㄠ！」
「小ㄒㄧㄠ雷ㄌㄟ龍ㄌㄨㄥ又ㄧㄡ可ㄎㄜ以ㄧ陪ㄆㄟ我ㄨㄛ們ㄇㄣ玩ㄨㄢ了ㄌㄜ！」
大ㄉㄚ家ㄐㄧㄚ開ㄎㄞ心ㄒㄧㄣ的ㄉㄜ說ㄕㄨㄛ。

小雷龍有了一個新工作——
孩子們的健身遊戲場，
可以游泳、
溜滑梯、跳電、吊單槓 ……
想要玩，
還要排長長的隊伍喔！

劉思源

1964 年出生，淡江大學教育資料科學學系畢業，現居於台北景美溪畔。

曾任漢聲出版公司編輯、遠流出版社兒童館編輯、格林文化副總編輯。目前重心轉為創作，用文字餵養了一隻小恐龍、一隻耳朵短短的兔子、一隻老狐狸和五隻小狐狸……。

作品包含繪本《短耳兔》系列；繪本傳記《愛因斯坦》等；橋梁書《狐說八道》系列、《大熊醫生粉絲團》；童話《妖怪森林》等，其中多本作品曾獲文建會「臺灣兒童文學一百」推薦、「好書大家讀」年度最佳少年兒童讀物獎，並授權中國、日本、韓國、美國、法國、俄羅斯等國出版。

林小杯

享受於繪畫圖像，也樂在琢磨文字，繪本內容常是幻想和生活的結合，相信一朵花開和小雞破蛋而出這些藏在平凡裡的事物，才是真正動人的神奇。

作品有《假裝是魚》、《非非和她的小本子》、《喀噠喀噠喀噠》、《步步蛙很愛跳》和《步步和小蛙》等。曾獲信誼幼兒文學獎首獎、開卷、好書大家讀年度最佳童書、豐子愷兒童圖畫書獎首獎等。

雖然不像步步蛙那麼會跳，但是手拿著筆在紙上蹦蹦跳跳，從小到大停不了。希望有一天變成了林老杯，也還是一樣。